ESCAPE GAME DES PETITS GÉNIES !

De la 4e à la 3e

ARNAUD ET JULIEN DURAND
LES FRÈRES DUDU (MATHIX.ORG)
PROFESSEURS DE MATHÉMATIQUES

LAROUSSE

Direction de la publication : Carine Girac-Marinier
Direction éditoriale : Julie Pelpel-Moulian
Édition : Béatrix Lot
Direction artistique : Uli Meindl
Mise en pages : SKGD-Création
Fabrication : Ombeline Canaud

Illustrations : © shutterstock.com

ISBN : 978-2-03-600352-1

AVANT-PROPOS

Bienvenue dans l'aventure ! Au programme, six escape games allant du pays des Vikings au voyage temporel, en passant par une île déserte. Afin d'en venir à bout, vous aurez des mots-clés à trouver, des cadenas à ouvrir, des messages à décrypter, des énigmes à résoudre… Bref, tous les ingrédients d'un bon jeu d'aventure et surtout d'un agréable moment à passer à se creuser les méninges !

À la fin de chaque escape game, un DÉNOUEMENT vous permettra de récapituler les indices et de découvrir si vous avez réussi ou échoué…
Vous pourrez tester votre esprit logique grâce à trois doubles-pages de mini-énigmes.

Ce cahier a été réalisé par deux enseignants de collège ; chacun des jeux qui le composent vous fera donc réviser l'essentiel des notions de votre programme de mathématiques de 4e tout en vous amusant.

Les auteurs

ÊTES-VOUS PRÊT À RELEVER LE DÉFI ?

SOMMAIRE

Sommaire par notions

DESTINATION TITAN

Faire partie d'un équipage à destination de TITAN était votre rêve, c'est devenu une réalité ! Vous voici le second en chef d'un équipage. Le ronronnement des réacteurs vous berce, quelques bourdonnements électriques ponctuent votre quotidien…

Alors que vous vous dirigez vers le poste de pilotage pour vérifier la trajectoire du vaisseau, vous croisez le médecin de bord, qui s'interroge sur l'absence de Martial, le chef de mission : « Il n'est pas dans le poste de pilotage, l'auriez-vous croisé ? »

ÉNIGME 1

À peine a-t-il terminé sa phrase qu'une sirène hurle, les lumières virent au rouge. À travers la vitre, vous remarquez une longue volute de gaz qui s'échappe. Vous allumez l'écran de contrôle des appareils de bord s'affiche alors un étrange message…

Système corrompu, passage en mode administrateur requis, # %*^*^! ☠
Pour désactiver le blocage, entrez le code.

VOUS ALLUMEZ UN AUTRE ÉCRAN, ESPÉRANT REPRENDRE LE CONTRÔLE. UNE IMAGE AINSI QU'UN NOUVEAU MESSAGE APPARAISSENT.

« Titan n'est pas un lieu pour les scientifiques, l'Homme ne doit pas conquérir Titan ! JE HAIS LES ÉCRITURES SCIENTIFIQUES, JE LES NOIRCIS TOUT LE TEMPS ! »

$0{,}6 \times 10^{5}$	$0{,}1 \times 10^{4}$	10×2^{5}	2×9^{10}	$7 \times 10 \times 10 \times 10$	$7{,}1 \times 10 \times 10 \times 10$	10^{3}	$2{,}3$
60×10^{-3}	$0{,}02 \times 10^{-5}$	6×10^{5}	$0{,}01 \times 10^{2}$	105×10^{1}	$7{,}6 \times 10^{2}$	$1{,}2 \times 10^{1}$	$5{,}92 \times 10^{1}$
$6 + 10^{5}$	9×10^{8}	5×10	3×10^{5}	$8 \times 10 - 5$	$10 \times 2{,}3$	7	$6{,}34 \times 10^{12}$
$10^{2} \times 3$	1×10^{0}	10^{2}	1×10^{5}	$2{,}3 \times 10^{1} \times 10^{-2}$	$2{,}4 \times 1$	$0{,}9 \times 10^{-}$	$1{,}22 \times 10^{-1}$
2×3^{5}	3×10^{-2}	10×3^{2}	$0{,}2 \times 10^{7}$	$1{,}3 \times 10 \times 10$	$13{,}2 \times 10^{0}$	3×10^{21}	30×10^{-1}
19×10^{8}	$3{,}2 \times 10^{-5}$	102×10^{2}	$1{,}26 \times 10^{12}$	$0{,}10 \times 10^{4}$	10^{0}	1×10^{2}	400×10^{-2}
10×10^{8}	80×10^{5}	$1{,}2 \times 10^{1}$	$10^{1} \times 10^{2}$	10×10^{5}	$12 / 10 \times 10^{2}$	$4{,}3 \times 10^{7}$	4
11×10^{10}	$20 \times (-10)^{1}$	-2^{10}	$-2 \times (-10)^{-6}$	50×10^{1}	10×2^{4}	$3{,}2 \times 10^{9}$	$34/10 \times 10^{0}$
$2{,}3 \times (-10)^{2}$	$10^{2} \times 6$	$10^{4} \times (-1)$	$1 / 100 \times 8$	$8 / 100 \times 10$	$0{,}12 \times 10^{5}$	30×10	4×10

QUEL CODE FAUT-IL ENTRER ?

RÉPONSE :

DESTINATION TITAN

ÉNIGME 2

Vous atteignez l'interface de contrôle, la fermeture automatique des portes ne s'enclenche pas.
LES ROBOTS MÉCANOS ? Mais oui !
Vous décidez de prendre le contrôle à distance du robot NET1, afin qu'il puisse fermer la porte et isoler le module 9 du reste du vaisseau.

LE PROGRAMME DE COMMUNICATION EST SIMPLE, VOUS DEVEZ LUI DONNER DES INSTRUCTIONS SOUS FORME DE LETTRES.

G : Pivoter le robot à gauche de 90°
D : Pivoter le robot à droite de 90°
A : Avancer R : Reculer

QUELLE CHAÎNE AVEZ-VOUS ENVOYÉE AU ROBOT ?

NOMBRE DE A :

ÉNIGME 3

À mi-parcours, le robot s'est arrêté !
« ERROR, FORWARD FUNCTION » : le robot ne possède plus la fonction AVANCER.

QUELLE CHAÎNE AVEZ-VOUS ENVOYÉE AU ROBOT ?

NOMBRE DE R :

ÉNIGME 4

Bravo ! Le robot est sur zone. Il est prêt à fermer la porte pour contenir l'incendie. Il déverrouille la boîte de commande de la porte, un clavier digital s'ouvre et un petit écran s'allume. Un schéma apparaît.

?	← x 2	← - 5	Entrée Gaz	x 7 →	+2 →	58

Circuit vérin B (← x 2 ← - 5) — Circuit vérin A (x 7 → +2 →)

Vérin A : « 58 bar de pression »
perte lecture contrôle pression
du vérin B, actualisation
impossible des données.

IDENTIFICATION

QUELLE EST LA PRESSION ACTUELLE DU VÉRIN B ?

....

RÉPONSE : ______ BAR

ÉNIGME 5

La pression est trop basse, la porte ne peut pas se fermer toute seule. Vous décidez de forcer la fermeture à l'aide du bras motorisé du robot… Belle initiative ! De retour à votre poste, c'est au tour de l'écran des moteurs de s'allumer.

Capteur de distance laser inefficient, données corrompues, veuillez mettre à jour la distance du vaisseau par rapport à Titan dans 5 minutes.

Votre regard s'attarde sur le hublot. Amusant, un autocollant rond sur le hublot recouvre parfaitement Titan… Et si c'était une piste ?

Théorème de Thalès...

- Diamètre du disque rouge : 56 cm
- Distance du hublot : 1,30 m
- Rayon de Titan : 2 574,7 km

LE COMPTE À REBOURS EST LANCÉ, CALCULEZ VITE LA DISTANCE.

…………………………………………………………

5 MIN

RÉPONSE :

ÉNIGME 6

Afin de trouver le coupable de ces méfaits, vous rassemblez l'équipage. Au moment où vous vous apprêtez à interroger Martial, il bondit dans un sas et crie : « *Scientifiques ! Votre fin est aussi proche que la mienne, vous allez vous écraser sur Titan.* » Il lance la décompression et disparaît dans l'espace. De retour au poste de commandement, vous constatez que le fil du panneau de contrôle de la porte d'accès a été arraché.

RECONSTITUEZ LE FIL. IL DOIT PASSER PAR TOUS LES POINTS, EN UN SEUL CHEMIN DU POINT VERT AU POINT BLEU.

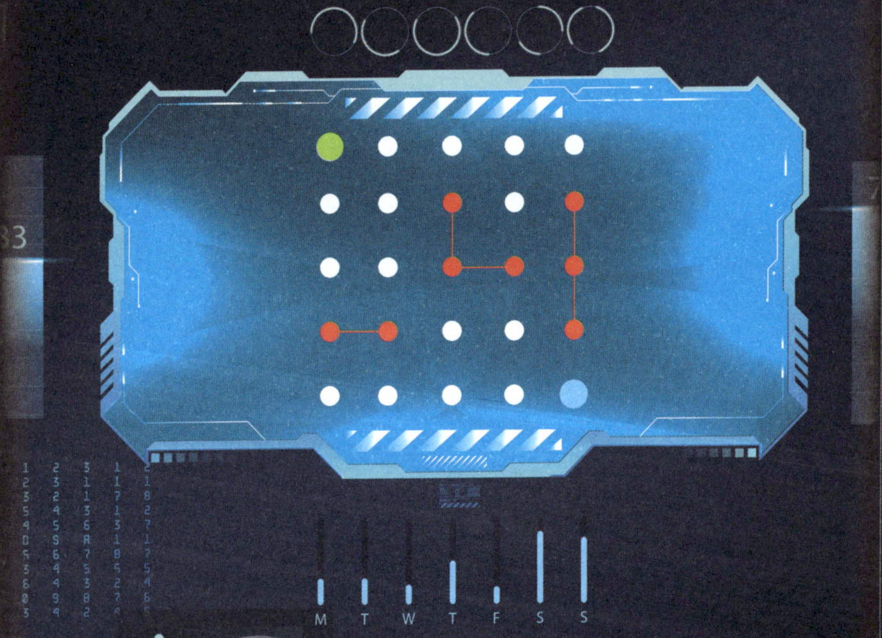

DÉNOUEMENT

Enfin, le poste de commandement fonctionne, Titan est en vue, il faut reprendre le contrôle de l'appareil. La tête de Martial apparaît sur l'écran comme pour vous narguer.

INDICE 1 : LE NOMBRE TROUVÉ POUR DÉBLOQUER LE PANNEAU DE CONTRÔLE, P. 7	
INDICE 2 : LE NOMBRE DE A TRANSMIS AU ROBOT, P. 8	
INDICE 3 : LE NOMBRE DE R TRANSMIS AU ROBOT, P. 9	
INDICE 4 : LE NOMBRE DE BARS, P. 10	
INDICE 5 : LA DISTANCE DE TITAN ARRONDIE AU MILLIER PRÈS, P. 11	

EFFECTUEZ LES OPÉRATIONS GRÂCE AUX INDICES ET TROUVEZ LE CODE À ENTRER AVANT QU'IL NE SOIT TROP TARD !

$$\text{CODE} = \frac{\text{INDICE } 5}{[((\text{INDICE } 1 - 3) - \text{INDICE } 2 + \text{INDICE } 3) \times \text{INDICE } 4]}$$

LE CODE À ENTRER EST :

MISSION IMPOSSIBLE

Agent de la DRSD (Direction du renseignement et de la sécurité de la défense), vous arrivez à votre bureau. Une succursale top secret qui gère la cybercriminalité mondiale. Votre patron vous tend un dossier sur un groupuscule nommé ISIS-41, qui dit avoir piraté le réseau des centrales nucléaires françaises. La menace est prise au sérieux. Avec votre équipe, vous filez à la centrale de Chinon.

SAUREZ-VOUS DÉJOUER LES PIÈGES D'ISIS-41 ?

ÉNIGME 1

Arrivé sur les lieux, vous installez votre matériel informatique. Dès que la prise RJ45 de votre ordinateur est branchée, l'écran saute, puis un message apparaît :

TENTATIVE DE CONNEXION ISIS-41.

« Contrôle-Alt-F1 », vous passez sur le mode terminal et tapez diverses commandes dont : « *sudo iptables-L* »… On vous demande un mot de passe… L'employé qui avait donné l'alerte vous tend un papier.

CODE RECHERCHÉ : _ _ _ _

MISSION IMPOSSIBLE

ÉNIGME 2

Le code est trouvé. Comme si ISIS-41 se jouait de vous, il vous propose une nouvelle énigme.

ISIS-41 EST FIER DE VOUS !
UNE ÉNIGME DE VISION : SAUREZ-VOUS DÉCRYPTER
LE CHIFFRE DEMANDÉ ?

VUE DU DESSOUS

VUE DU DESSUS

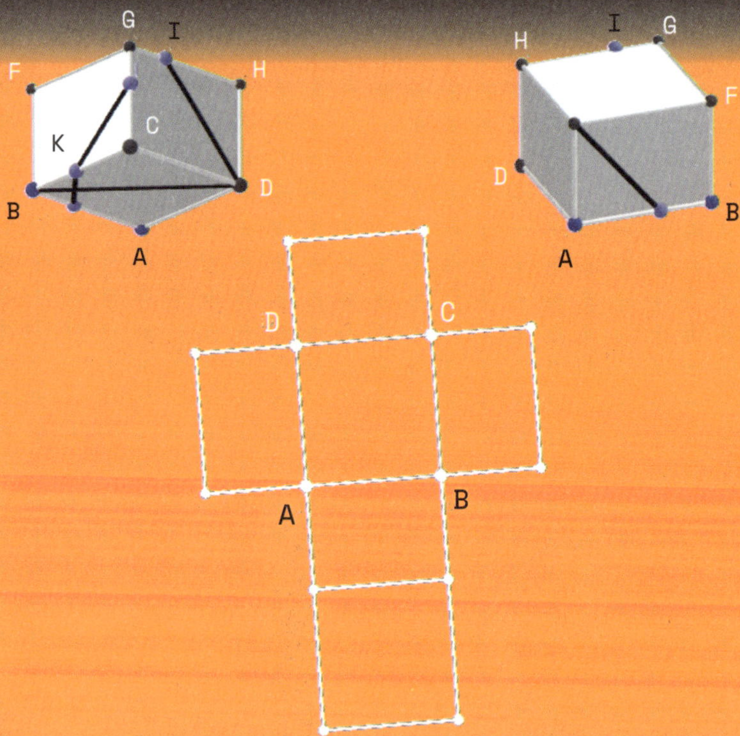

CHIFFRE RECHERCHÉ :

ÉNIGME 3

Bravo ! Vous avez réussi à dévoiler le chiffre mystère. ISIS-41 n'en a pas fini avec vous… Voici qu'apparaît encore un message.

ISIS-41 EST FIER DE VOUS !
UN VRAI ADVERSAIRE À MA TAILLE,
SAUREZ-VOUS RETROUVER LE SYMBOLE CACHÉ ?

$3(6x + 2)$	$3(6x - 2)$	$6(3x - 2)$
$6(3x + 2)$	$2(6x - 3)$	$2(6x + 3)$
$2(3x + 6)$	$2(3x - 6)$	$3(2x + 6)$

$18x - 12$

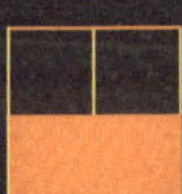

$6x + 18$

$6x - 12$

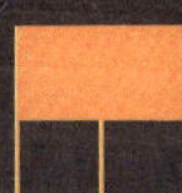

$18x - 6$

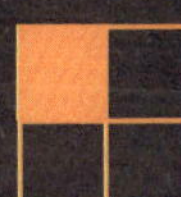

$12x + 6$

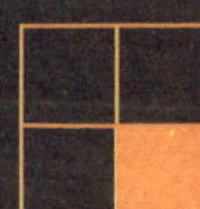

$18x + 12$

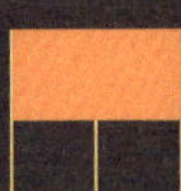

$18x + 6$

$6x + 12$

$12x - 6$

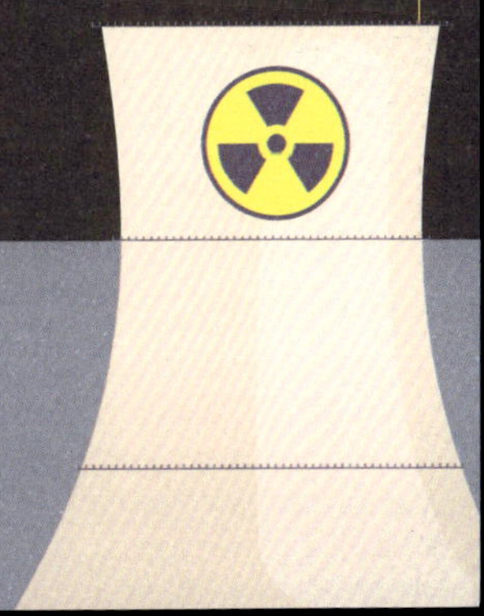

SYMBOLE CACHÉ :

MISSION IMPOSSIBLE

ÉNIGME 4

L'écran est enfin débloqué. Vous trouvez les commandes pour arrêter les réacteurs 1 à 7. Toutefois, les données sont étrangement écrites, tout est converti en heures...

LE TECHNICIEN NUCLÉAIRE VOUS INDIQUE QU'IL FAUT ÉTEINDRE LES RÉACTEURS LES PLUS CRITIQUES EN PREMIER. VOUS LANCEZ LA PROCÉDURE D'ARRÊT DE CEUX DONT LA DURÉE AVANT LA FUSION EST LA PLUS COURTE.

1
Il reste : $\frac{17}{30}$ h
durée en min : ....

2
Il reste : $\frac{1}{3}$ h
durée en min : ....

3
Il reste : $\frac{3}{10}$ h
durée en min : ....

4
Il reste : $\frac{7}{15}$ h
durée en min : ....

5
Il reste : $\frac{7}{20}$ h
durée en min : ....

6
Il reste : $\frac{2}{5}$ h
durée en min : ....

7
Il reste : $\frac{1}{4}$ h
durée en min : ....

ORDRE D'ARRÊT DES RÉACTEURS : ☐ ☐ ☐ ☐ ☐ ☐ ☐

ÉNIGME 5

La procédure d'arrêt de tous les réacteurs est enfin lancée lorsque vous sentez le froid du métal sur votre tempe… Le technicien vous tient en joue. Son arme tremble, d'un air plaintif, il vous dit : « Je suis désolé, ils m'ont obligé, ils viennent de m'envoyer ce message. »

DIVISE	5/3	PAR	4
DE	PAR	LA	SOMME
	4/5	ET	3
DE	DONNER	LE	PRODUIT

LE MESSAGE CACHÉ :

RÉPONSE :

DÉNOUEMENT

Vous donnez la réponse par message sur le téléphone que vous tend le technicien. L'individu sourit : « Merci, cher agent, vous venez de passer avec brio le test d'entraînement de la DRSD. Pour conclure ce stage, et valider votre promotion, suivez les indications ci-dessous. »

INDICE 1 : NOMBRE DE CENTAINES, P. 15	
INDICE 2 : CHIFFRE RECHERCHÉ, P. 16	
INDICE 3 : SYMBOLE TROUVÉ, P. 17	
INDICE 4 : NUMÉRO DU PREMIER RÉACTEUR ÉTEINT, P. 18	
INDICE 5 : FRACTION TROUVÉE, P. 19	

DONNEZ LE RÉSULTAT DE VOS ÉPREUVES COMME DEMANDÉ SUR CETTE TABLETTE.

TEST VALIDÉ !

MINI ESCAPE 1

LE CRACK DU CADENAS, ÇA VOUS CONNAÎT ! VOTRE GRAND-PÈRE A ENFERMÉ VOTRE NOUVELLE CONSOLE DANS DES BOÎTES GIGOGNES TOUTES VERROUILLÉES PAR UN CADENAS. SAUREZ-VOUS LA RÉCUPÉRER SANS VOUS FAIRE REPÉRER ?

CADENAS 1

Tous les chiffres sont différents.

0296 : deux chiffres sont bons et bien placés.
5904 : un chiffre est mal placé mais bon.
7342 : deux chiffres sont mal placés mais bons.
9731 : rien n'est bon.

QUEL EST LE CODE ?

CADENAS 2

La première boîte est ouverte, elle vous donne accès à une autre boîte plus petite, fermée par un cadenas à trois chiffres où il est inscrit : « Et pi c'est tout »…

058 : rien n'est bon.
718 : un chiffre est bon et bien placé.
742 : un chiffre est bon et mal placé.
173 : deux chiffres sont bons et mal placés.
038 : un chiffre est bon et mal placé.

QUEL EST LE CODE ?

CADENAS 3

La deuxième boîte est ouverte, vous y trouvez une nouvelle boîte avec un cadenas à 4 chiffres et quelques instructions de votre grand-père :
« La somme des deux premiers chiffres est 14.
Le deuxième chiffre est impair.
Le troisième est la différence entre le premier et le deuxième.
Le code forme un nombre premier.
Tous les chiffres sont non nuls. »

QUEL EST LE CODE ?

CADENAS 4

La troisième boîte est ouverte, vous y trouvez une nouvelle et dernière boîte transparente, dans laquelle est placée votre console. Pour la récupérer, vous devez trouver la combinaison du digicode à 4 chiffres. Votre grand-père vous a laissé des instructions :

« Le premier est le tiers du deuxième et le troisième est le double du quatrième, la somme vaut 20. »

QUEL EST LE CODE ?

STONEHENGE

Vous voilà enfin arrivé à Stonehenge, un endroit fascinant ! La visite guidée, les différents rites et thèses permettant d'expliquer ce lieu presque mystique vous intriguent beaucoup.

Vous avez en votre possession le journal de votre grand-père récemment décédé. À l'intérieur, vous avez trouvé un message énigmatique, dans lequel il vous invitait à venir à Stonehenge afin de découvrir le trésor de Thor, dieu de la mythologie viking…

PARVIENDREZ-VOUS À LEVER LE MYSTÈRE QUI PLANE AU-DESSUS DU TRÉSOR ?

ÉNIGME 1

Sur ce message se trouvent le plan de Stonehenge, une phrase énigmatique et une grille presque effacée composée de nombres. Y aurait-il un lien avec les pierres ?

Stonehenge est un endroit magique où les premiers sont noirs, seul un œil avisé révélera la pierre à déplacer.

99	33	54	51	81
87	13	93	83	67
2	3	91	1	79
8	67	45	2	3
10	19	76	57	31
54	53	52	48	47
39	5	21	71	73

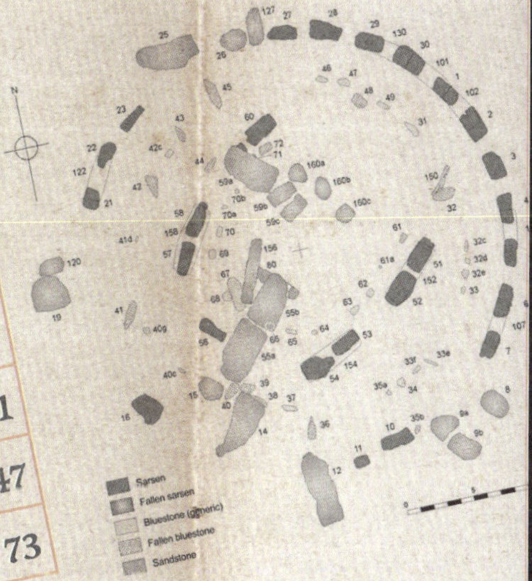

LA PIERRE À DÉPLACER EST :

STONEHENGE

ÉNIGME 2

Bizarre, sur le plan, il n'y a pas cette pierre ! Vous vous placez entre les deux pierres ayant le numéro le plus proche. Votre pied heurte quelque chose. Discrètement, vous poussez la terre et vous découvrez une plaque où sont inscrits des chiffres, des petits picots à sélectionner ainsi qu'une phrase.

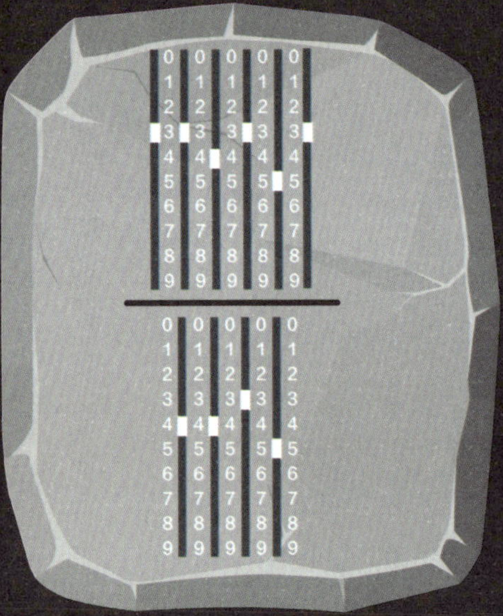

Les deux tiers de la clé donnent la constante d'Archimède.

FEUILLETANT LE JOURNAL DE VOTRE GRAND-PÈRE, VOUS TOMBEZ SUR CE PASSAGE.

Le début de la quête ne s'ouvrira à tes pieds qu'en retrouvant la combinaison. Selon Baptiste Hecquet, célèbre archéologue, la constante d'Archimède n'est autre que pi, une des célèbres approximations de ce fameux nombre était 22 septièmes, nul doute que ce nombre te sera utile pour décrypter cette première étape.

LA CLÉ EST : ___

ÉNIGME 3

Le mécanisme s'ouvre et fait apparaître un passage exigu. Excité par cette découverte, vous foncez.
Le couloir débouche sur une pièce, une stèle est érigée en son centre. Sur le mur est décrite la constellation de la Grande Ourse, un triangle en ressort et quelques inscriptions en runes… Sur la stèle sont fixés deux bâtons, dans un vieux langage viking que vous peinez à déchiffrer, vous reconnaissez les mots : « vision », « mur », « ciel », « semblables », « erreur », « mort ». Vous trouvez une table de traduction dans le journal de votre grand-père.

VOUS AVEZ L'IMPRESSION QU'IL FAUT TERMINER LA CONSTRUCTION AFIN D'OBTENIR LE TRIANGLE DU MUR. IL Y A QUATRE BÂTONS AVEC CHACUN UNE INSCRIPTION, LEQUEL CHOISIR ?

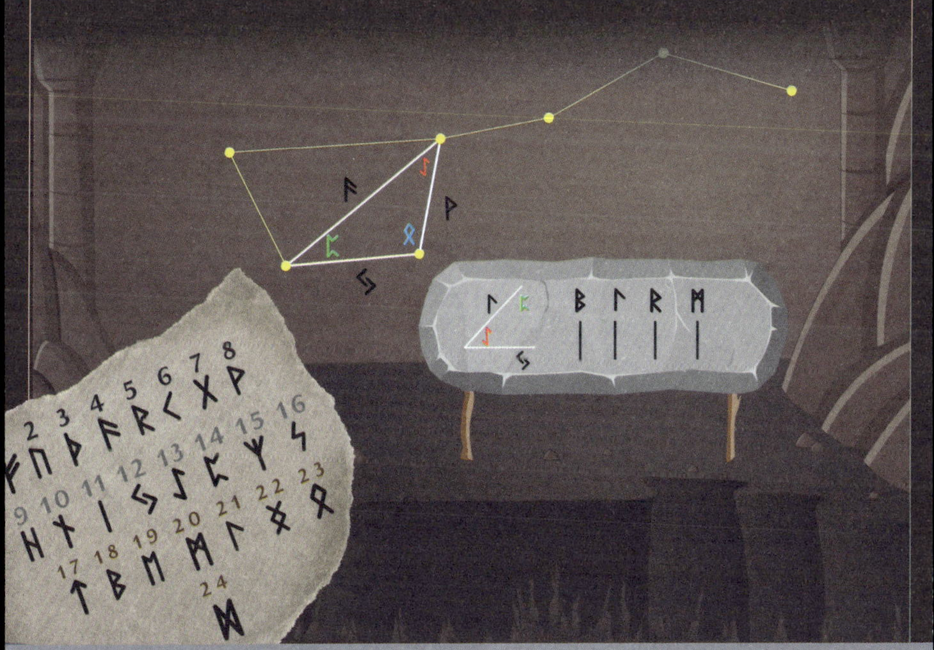

LE BÂTON EST :

STONEHENGE

ÉNIGME 4

La constellation se met à briller, le mur tremble et se déplace dans un vacarme ahurissant, laissant apparaître une porte ancienne. Vous ouvrez la porte. Elle débouche sur trois nouvelles portes : une en face et une de chaque côté. Vous entendez un bruit sourd, menaçant, se rapprocher. N'ayant pas l'envie de découvrir cette nouvelle menace, vous inspectez rapidement la pièce. Sur le sol est inscrit : « Connaître et suivre le chemin de Thor pour survivre. » Vous vous souvenez d'un passage dans le journal de votre grand-père, vous l'ouvrez et trouvez des instructions.

VOUS DÉCIDEZ DE REPORTER LES INSTRUCTIONS SUR LE PLAN DE LA PIÈCE POUR TROUVER LA PORTE À OUVRIR.

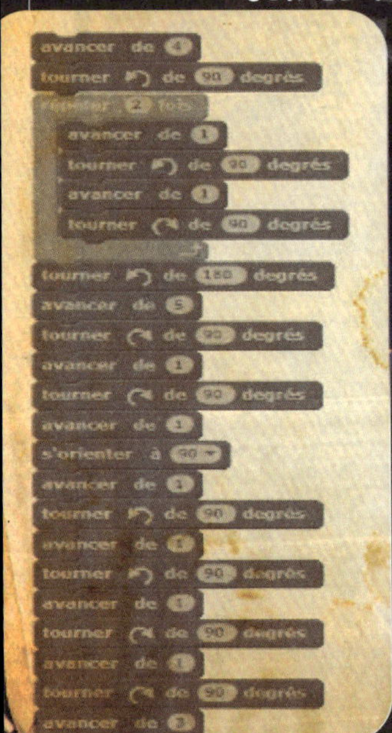

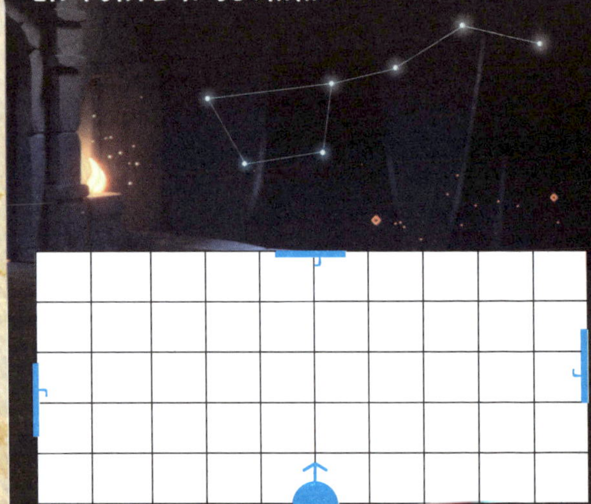

LA PORTE EST CELLE : DE DROITE | DE GAUCHE | D'EN FACE

ÉNIGME 5

Arrivé devant la porte, celle-ci est fermée et présente une forme de grille ainsi qu'une inscription :
« Ο Πυθαγόρας είναι το κλειδί, βρείτε τον αριθμό που λείπει και φωνάξτε τον, η πόρτα θα ανοίξει. »
En rassemblant vos souvenirs de cours de grec ancien, vous parvenez à la déchiffrer.

« PYTHAGORE EST LA CLÉ, TROUVEZ LE NOMBRE MANQUANT ET CRIEZ-LE, LA PORTE S'OUVRIRA. »

QUEL NOMBRE DEVEZ-VOUS CRIER ?

ÉNIGME 6

Vous criez le nombre et la porte s'ouvre.
Une immense pyramide se dresse devant vous.
Selon le journal de votre grand-père, la puissance de Thor se base sur un triptyque : Njörd à qui on associait le nombre 35, Bragi, le nombre 56, et le Mjöllnir comme pierre centrale.

CHAQUE PIERRE EST LE PRODUIT DE CELLES SUR LESQUELLES ELLE REPOSE. VOUS VENEZ DE COMPRENDRE, IL FAUT RECONSTITUER LA PYRAMIDE AFIN DE CONNAÎTRE LA VALEUR DU MJÖLLNIR.

LE MJÖLLNIR VAUT :

DÉNOUEMENT

La pyramide complétée, celle-ci dévoile une porte, vous l'ouvrez. Le Mjöllnir est là, en le prenant en main, vous sentez la puissance de la foudre. Thor apparaît face à vous.

SEUL L'ÉLU CONNAÎT LE NOMBRE DIVIN !
VOUS VOUS REMÉMOREZ TOUTES LES ÉNIGMES QUE VOUS AVEZ RÉSOLUES LORS DE VOTRE PÉRIPLE. VOUS PENSEZ À LA VALEUR DU MJÖLLNIR… MAIS VOUS VOUS RAPPELEZ LES DERNIERS MOTS DE VOTRE GRAND-PÈRE.

Le nombre divin illustre ton parcours.

Associe le nombre tracé par le chemin de la constellation (p. 28), le chiffre manquant (p. 29) et le bâton (p. 27), multiplie cela par la clé (p. 26).

Ajoute à cela la pierre (p. 25), puis ôte le pouvoir du Mjöllnir (p. 30).

Tu découvriras la vraie valeur du divin !

Note ici tes calculs :

LE NOMBRE DIVIN :

TROUBLÉ PAR CETTE AVENTURE, VOUS QUITTEZ CE SITE INCROYABLE AVEC LE SOUVENIR D'UNE EXPÉRIENCE INOUBLIABLE !

SUR UNE ÎLE DÉSERTE

Une énorme vague a endommagé votre bateau, heureusement vous avez réussi à rejoindre une île avant qu'il ne coule. Après avoir fait le tour des environs, vous constatez que ce banc de sable est désert. Vous faites le point sur ce que vous avez à disposition :

- quelques pièces de monnaie, qui ne vous servent à rien…
- un couteau,
- des morceaux de voiles du bateau, que la mer a rapportés sur le sable.

SAUREZ-VOUS FAIRE PREUVE DE SANG-FROID POUR SURVIVRE SUR CETTE ÎLE ?

ÉNIGME 1

Votre priorité : trouver de l'eau potable !
Vous confectionnez une réserve d'eau avec quelques bambous, une voile et des lianes. Vous lestez le fond d'une pierre afin de créer une cuvette… Et, miracle, une pluie tropicale se met à tomber. Bravo, votre réserve se remplit ! Vous voilà avec une grande quantité d'eau qui vous permettra de boire 1,5 L par jour, sous cette chaleur, c'est primordial !

COMBIEN DE JOURS POURREZ-VOUS TENIR AVEC CETTE RÉSERVE D'EAU ?

NOMBRE DE JOURS :

SUR UNE ÎLE DÉSERTE

ÉNIGME 2

Le problème de l'eau étant réglé, vous vous préoccupez de trouver de la nourriture, et décidez de tenter votre chance à la pêche !
Vous confectionnez un filet avec des lianes.

UN BANC DE POISSONS VOUS NARGUE.
IL SE TROUVE EN ZONE 1.
IL SE DÉPLACE PAR SYMÉTRIE D'AXE (CD),
PUIS PAR SYMÉTRIE PAR RAPPORT À B,
ET PAR TRANSLATION QUI TRANSFORME C EN B.
POUR FINIR, IL FILE PAR ROTATION DE CENTRE B
ET D'ANGLE 90° DANS LE SENS HORAIRE.

OÙ DEVEZ-VOUS JETER LE FILET
POUR POUVOIR PÊCHER LES POISSONS ?

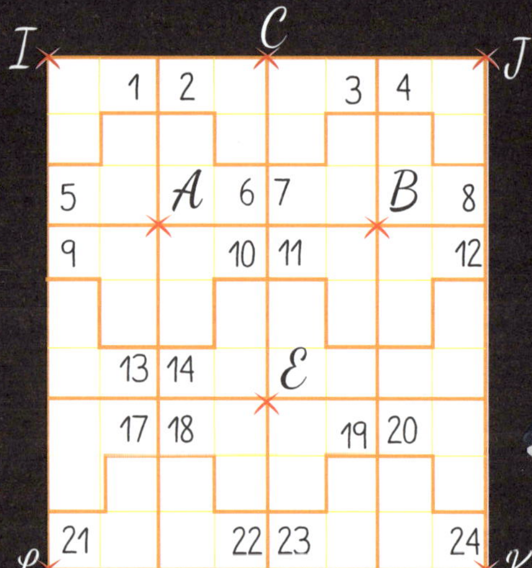

LE FILET EST POSÉ À L'EMPLACEMENT :

ÉNIGME 3

Vous voilà avec du poisson, maintenant il faut le faire cuire... Vous utilisez la technique de l'arc pour allumer un feu. Heureusement que vous avez suivi des émissions de survivalisme !

TROUVEZ LE BON ANGLE POUR QUE CETTE TECHNIQUE FONCTIONNE.

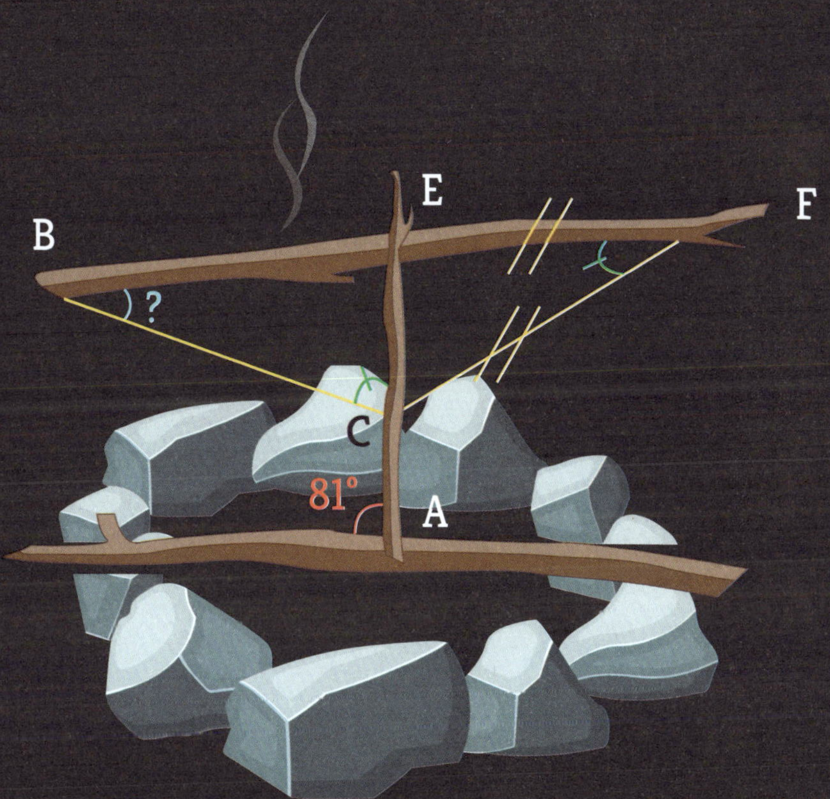

$\widehat{EBC}$ VAUT :

SUR UNE ÎLE DÉSERTE

ÉNIGME 4

Reposé, après un bon repas chaud et une nuit à la belle étoile, vous entreprenez de construire un radeau, seul moyen de vous échapper !
La plateforme faite, vous fixez le mât, mais celui-ci ne tient pas, il faut le soutenir par des cordes.

QUELLE LONGUEUR DE CORDE VOUS FAUT-IL POUR PARVENIR À MAINTENIR LE MÂT ?

LONGUEUR DE CORDE :

ÉNIGME 5

Bientôt une semaine que vous travaillez à la préparation de votre embarcation. La mer est au plus bas… Vous savez qu'elle ne monte pas à une vitesse constante, votre père vous a appris qu'elle vit au rythme des douzièmes.

Elle monte de $\frac{1}{12}$ la première heure, de $\frac{2}{12}$ la deuxième heure, de $\frac{3}{12}$ la troisième heure, de $\frac{3}{12}$ la quatrième heure, de $\frac{2}{12}$ la cinquième heure et de $\frac{1}{12}$ la sixième heure.

Et c'est la même chose à marée descendante…

VOUS POURREZ PARTIR DÈS QU'ELLE AURA ATTEINT UN TIERS DE SA HAUTEUR… DANS COMBIEN DE TEMPS POURREZ-VOUS METTRE VOTRE RADEAU À L'EAU ?

DURÉE AVANT LE DÉPART :

DÉNOUEMENT

Tout est prêt pour votre départ…
Il vous reste à trouver la direction, la bonne !

POUR CELA, IL FAUT CHOISIR ENTRE :
- OUEST ? LES VENTS SONT FAVORABLES, MAIS LES RÉCIFS SEMBLENT DANGEREUX.
- SUD ? MAIS DES REQUINS RÔDENT.
- NORD ? MAIS LES VENTS SONT CHANGEANTS.
- EST ? MAIS LE COURANT VOUS FAIT FACE.

Pour trouver la bonne direction, suivez le programme qui vous l'indiquera.

MULTIPLIEZ LE NOMBRE DE JOURS DE RÉSERVE D'EAU (P. 33) PAR LA LONGUEUR DE CORDE NÉCESSAIRE ARRONDI AU DIXIÈME (P. 36). RETIREZ LE TEMPS EN MINUTES QU'IL A FALLU POUR POUVOIR METTRE LE RADEAU À L'EAU (P. 37).

PUIS SOUSTRAYEZ L'ANGLE QUE DEVAIT FORMER L'ARC (P. 35). ENFIN, SOUSTRAYEZ LE DIXIÈME DU NUMÉRO DE L'EMPLACEMENT DES POISSONS (P. 34). PRENEZ LA DIRECTION QUI S'EN APPROCHE LE PLUS.

VOUS SAISISSEZ UN BÂTON ET EFFECTUEZ VOS CALCULS SUR LE SABLE.

VOUS SAUTEZ SUR VOTRE RADEAU ET METTEZ LE CAP VERS :

MINI ESCAPE 2

POUR ÊTRE EXPERT EN CRYPTOGRAPHIE, IL FAUT ÊTRE BON EN CALCUL ET LOGIQUE, SAUREZ-VOUS RÉSOUDRE CE DÉFI ?

PYRAMIDE 1

Complétez la pyramide, sachant que chaque case est la SOMME des deux cases situées en dessous.

	-5		
6			
		-2	5

PYRAMIDE 2

Complétez la pyramide, sachant que chaque case est le PRODUIT des deux cases situées en dessous.

384			
-12	-4		
			-2

LABYRINTHES

Saurez-vous trouver un chemin qui relie un nombre vert à un nombre rouge ?

- Si vous allez vers la droite, le nombre doit être plus grand.
- Si vous allez vers la gauche, il doit être plus petit.

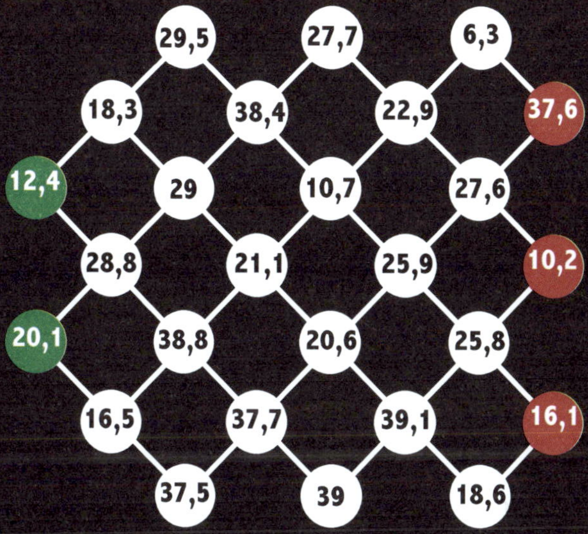

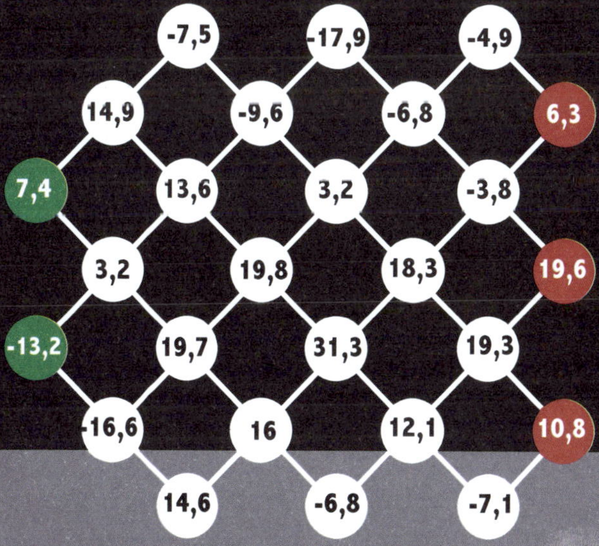

VOYAGE TEMPOREL

13 mai 2035, vous êtes enquêteur à l'agence du M-I-8X de Londres, qui œuvre depuis des années à déjouer les attentats temporels créés par l'organisation criminelle : l'armée des twelve monkeys, dirigée par M. Balder.
Ulysse, l'un de vos coéquipiers, vous prévient que M. Balder vient de voyager dans le temps et projette d'éliminer un par un les enquêteurs du M-I-8X. Il n'a que peu de détails, seulement des retranscriptions de quelques échanges téléphoniques. Il vous indique également que Baptiste n'est pas venu travailler.
Aurait-il été victime de la machination de M. Balder ?

UN FRISSON DE TERREUR VOUS PARCOURT… RETROUVER M. BALDER AVANT QU'IL NE SOIT TROP TARD DEVIENT VOTRE PRIORITÉ ! MAIS OÙ EST-IL ? ET SURTOUT À QUELLE ÉPOQUE ?

ÉNIGME 1

Vous lisez le premier échange de M. Balder avec Ludovic, son fidèle bras droit.
« Je nous sais sur écoute, Ludovic, le plan est en marche, je pars aujourd'hui. Tu trouveras sur mon ordinateur les indications pour me retrouver après avoir mis mon plan à exécution.
Le code d'accès est 32088 844466222444. »

VOUS HURLEZ À TOUTE L'UNITÉ DE PARTIR CHEZ M. BALDER. APRÈS AVOIR TRAVERSÉ LA VILLE, VOUS ENTREZ CHEZ LE PROFESSEUR. VOUS ALLUMEZ L'ORDINATEUR, SEULS 8 CARACTÈRES SONT POSSIBLES ! VOUS COMPRENEZ L'ASTUCE... IL SE SAVAIT ÉCOUTÉ, IL A DONC BROUILLÉ LES PISTES. ET SI LES CHIFFRES ÉTAIENT EN LIEN AVEC LES TOUCHES DU TÉLÉPHONE... À VOUS DE JOUER !

CODE : ☐☐☐☐☐☐☐☐

VOYAGE TEMPOREL

ÉNIGME 2

L'écran s'allume, vous entrez le code attendu et vous découvrez l'ensemble des fichiers permettant de coordonner l'attaque. Votre attention se porte sur un fichier nommé « DATE.XLS ».

VOUS DOUBLE-CLIQUEZ SUR L'ICÔNE, LE LOGICIEL VOUS ANNONCE QUE LE FICHIER EST CORROMPU ET QU'IL VA TENTER DE L'OUVRIR, VOUS OBTENEZ ALORS :

	A	B	C	D	E	F
1		jour	mois		année	
2	Date de destination	#NOM?	#NOM?	#NOM?	#NOM?	#NOM?
3						
4						

Impossible de cliquer sur la ligne 2 et de lire les valeurs, mais en tapant les formules :

= B2+C2 dans la cellule B3, cela vous renvoie 8
= somme (E2;F2) dans la cellule B4, cela vous renvoie 12
= B2+F2 dans la cellule B5, cela vous renvoie 11
= C2+D2 dans la cellule B6, cela vous renvoie 2
= D2+E2 dans la cellule B7, cela vous renvoie 9

APRÈS AVOIR COMPRIS QUE LE NUMÉRO DE JOUR N'AVAIT QU'UN SEUL CHIFFRE, VOUS TROUVEZ LA DATE.

LA DATE EST : ☐ / ☐ ☐ / ☐ ☐

ÉNIGME 3

Dans les années 1980, mais qui cherche-t-il à atteindre à cette époque ?

VOUS CONTINUEZ À FOUILLER DANS SON ORDINATEUR, UN FICHIER « LIEU84.TXT » VOUS INTERPELLE. EN L'OUVRANT VOUS OBTENEZ :

●♏ ●♓♏◆ ♏⬩⧫ ●♋ ☞♋♍ ♎♏⬩
⬩♍♓♏■♍♏⬩ ♋ ■♋■⧫♏⬩

INCOMPRÉHENSIBLE… GRÂCE À VOS LOGICIELS D'ESPION, LE DIAGRAMME EN BÂTONS SUIVANT S'AFFICHE :

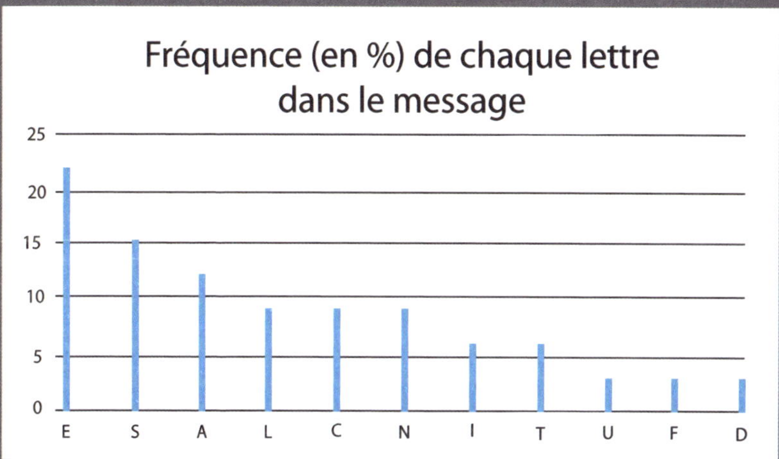

●	♏	♓	◆	⬩	⧫	♋	☞	♍	♎	■

LE LIEU EST :

ÉNIGME 4

Vous appelez le professeur Hecquet, créateur de la machine à remonter le temps. Vous lui demandez de régler la machine en fonction du lieu et de la date trouvés… Vous vous télétransportez dans le passé. Sur place, vous reconnaissez Baptiste et à ses côtés M. Balder qui, avant avant de se volatiliser, vous informe qu'il vient d'empoisonner votre collègue à la thyroxine. Pas une minute à perdre, vous emmenez Baptiste dans un laboratoire afin de créer l'antidote à base de propranolol.

IL FAUT 25 ML DE PROPRANOLOL DILUÉ À 12 % EXACTEMENT, VOUS NE TROUVEZ QUE DU PROPRANOLOL DILUÉ À 30 %. QUELLE QUANTITÉ DEVEZ-VOUS LUI ADMINISTRER ?

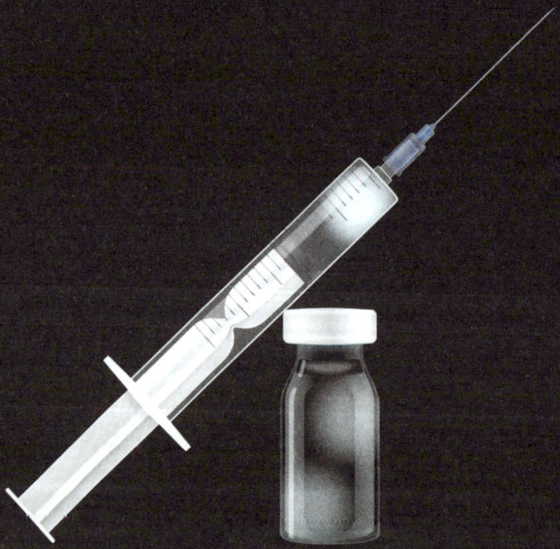

QUANTITÉ DE PROPRANOLOL : _ _ _ , _ _ _

ÉNIGME 5

Une fois Baptiste sauvé, vous parvenez à retrouver M. Balder et à l'arrêter… Il ne vous reste plus qu'à rentrer chez vous. Vous devez régler la machine en précisant le temps passé sur place en heures afin de revenir à la bonne époque.

VOUS ÊTES RESTÉ SUR PLACE 1 JOURNÉE, 3 HEURES, 7 MINUTES EXACTEMENT.
IL VOUS FAUT 12 SECONDES POUR TAPER LA DURÉE.
QUELLE DURÉE DEVEZ-VOUS ENREGISTRER ?

LA DURÉE EST DE :

DÉNOUEMENT

Vous ne vous en êtes pas aperçu, mais M. Balder a déréglé la machine, vous arrivez dans le passé. M. Balder tente de s'enfuir en criant : « Je suis à l'année de naissance de mon idole. » La machine manque d'énergie noire nécessaire au voyage dans le temps, vous devez lui mettre la bonne quantité, ni trop ni pas assez…

HEUREUSEMENT LE PROFESSEUR HECQUET EST TOUJOURS JOIGNABLE. VOICI LES INSTRUCTIONS QU'IL VOUS TRANSMET :

Calculez la différence entre 2035 et le quotient de l'année de naissance du mot de passe de M. Balder (p. 43) par le mois où vous avez retrouvé M. Balder (p. 44).

Ôtez le jour (p. 44), puis enlevez la somme du nombre d'heures restées dans le passé (p. 47) et la quantité d'antidote donné à Baptiste (p. 46).

Enfin à tout cela, ajoutez le numéro du département où vous avez retrouvé M. Balder (p. 45).

LA QUANTITÉ DE MATIÈRE NOIRE POUR RETOURNER DANS LE PRÉSENT EST : ______

BIEN JOUÉ, VOUS VOILÀ DE RETOUR DANS VOTRE BUREAU. BAPTISTE ET ULYSSE SONT LÀ POUR VOUS FÉLICITER !

DANS LES CATACOMBES

Vous êtes en vacances à Paris, on vous propose de visiter les catacombes… Quel endroit fascinant !

Une heure de visite plus tard, le guide vous interpelle : « Attention ! Ne marchez pas par là, il y a un trou. » Trop tard, vous glissez et tombez dans le noir le plus complet. Vous regardez autour de vous grâce à la lumière de votre portable. Au fond de la salle, un espoir de sortie : une porte…

SAUREZ-VOUS RÉSOUDRE LES ÉNIGMES QUI VOUS PERMETTRONT DE REMONTER À LA SURFACE DE LA VILLE ?

ÉNIGME 1

Sur un mur, vous remarquez une inscription :
« Nul n'entre ici s'il n'est pythagoricien ».
En vous approchant de la porte, vous apercevez un cadenas bien étrange avec 3 cases. Dans chacune, il y a le choix entre les lettres A-B-C-D-E-F.
Au-dessus, vous remarquez une une autre inscription.

« SEUL LE VRAI PYTHAGORICIEN RECONNAÎTRA LES VRAIS TRIANGLES RECTANGLES. ATTENTION, VOUS RANGEREZ LES TRIANGLES DANS L'ORDRE CROISSANT DU PLUS PETIT CÔTÉ ! »

LE CODE POUR ENTRER EST : ___

ÉNIGME 2

Bravo ! Le code est le bon. Vous entrez dans une salle somptueuse, décorée de nombreux bustes de mathématiciens : Descartes, Hilbert, Galois, Euler… Seraient-ils tous des pythagoriciens ? Alors que votre regard explore les recoins de la salle à la recherche d'une issue, un détail attire votre attention.

UNE SÉRIE D'EXPRESSIONS SONT ÉCRITES SUR UN MUR :

UN AUTEL, 3 COUPELLES DE 3 COULEURS DIFFÉRENTES, DES JETONS… À VOUS DE JOUER !

LE NOMBRE DE JETONS :

ÉNIGME 3

L'autel s'ouvre sur un étroit escalier… Vous vous apprêtez à poser le pied sur la première marche, lorsque votre regard s'attarde sur un écriteau en vieux français.

LES MARCHES SONT NUMÉROTÉES DANS CET ORDRE. SUR LESQUELLES POUVEZ-VOUS VOUS APPUYER ?

DÉPART

LES MARCHES UTILISÉES :

DANS LES CATACOMBES

ÉNIGME 4

En bas des escaliers, une nouvelle salle, une porte vous fait face, une sorte de clavier en bois avec toutes les lettres y est intégré. Au-dessus de celui-ci est écrit : « L'étranger ne verra pas le pavé droit, gardez-vous de découvrir le mot divin avec ceci : (2 ; 8 ; 0) (0 ; 2 ; 3) (8 ; 4 ; 2) (8 ; 0 ; 2) (6 ; 8 ; 2). »

LA PIÈCE EST ÉTRANGE. SUR LES 4 MURS, IL Y A UNE MULTITUDE DE POINTS. POUR CHAQUE POINT, UNE LETTRE EST ASSOCIÉE. SUR LE MUR À VOTRE DROITE, VOUS REMARQUEZ UN POINT A, QUI POSSÈDE DES COORDONNÉES (0 ; 2 ; 3). CELA VOUS RAPPELLE QUELQUE CHOSE, CE SONT DES COORDONNÉES SPATIALES, COMME SI VOUS ÉTIEZ À L'INTÉRIEUR D'UN PAVÉ DROIT !

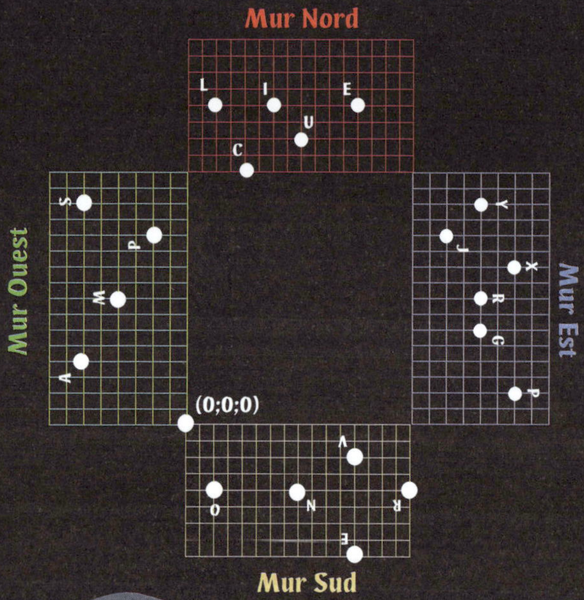

QUELLE FORME AVEZ-VOUS DÉCOUVERTE ? _ _ _ _ _

ÉNIGME 5

La porte s'ouvre, encore un escalier qui s'enfonce inexorablement vers les ténèbres…
Vous dévalez les marches et tombez face à un mur.
Une gravure recouvre la surface de ce dernier.

DEUX EMPLACEMENTS PERMETTENT D'ÉCRIRE LA RÉPONSE… LES RATIOS N'ONT PAS L'AIR SI COMPLEXES, MAIS POURQUOI DEUX EMPLACEMENTS ?

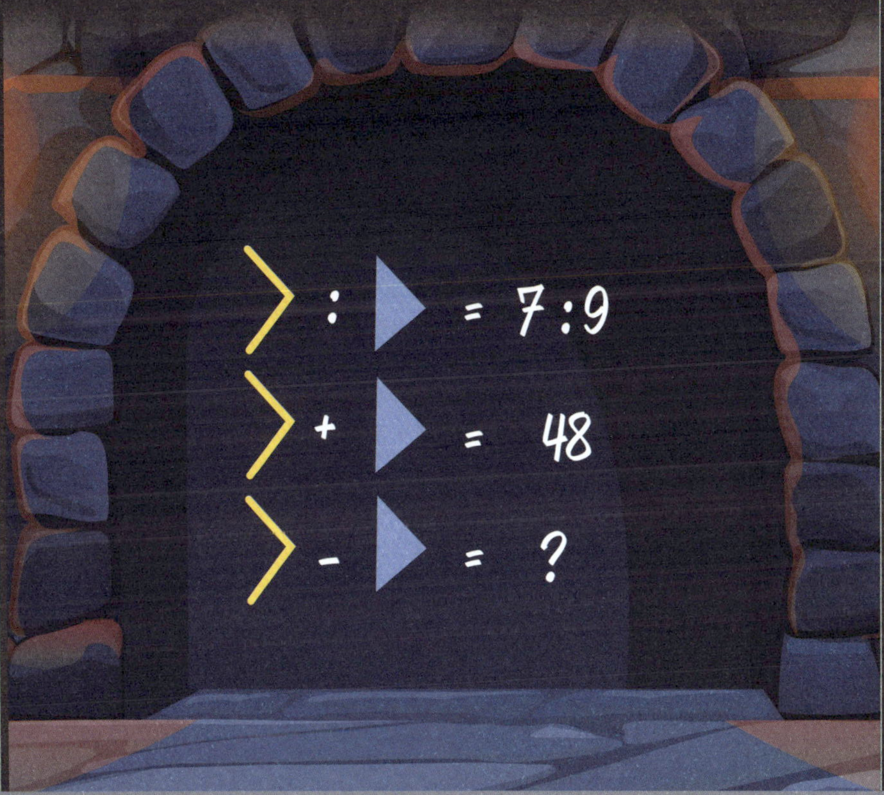

RÉPONSE :

DANS LES CATACOMBES

ÉNIGME 6

Le mur pivote, révélant une plateforme en bois suspendue à une vieille corde. En regardant vers le haut, vous constatez que la corde provient de la surface. C'est une issue ! Vous cherchez un mécanisme pour commander ce monte-charge. Sur le côté se trouvent deux balances et une grande quantité de poids jaunes.

COMBIEN DE POIDS JAUNES DEVEZ-VOUS POSER SUR LE PLATEAU DE GAUCHE DE LA SECONDE BALANCE POUR QU'ELLE SOIT EN ÉQUILIBRE ?

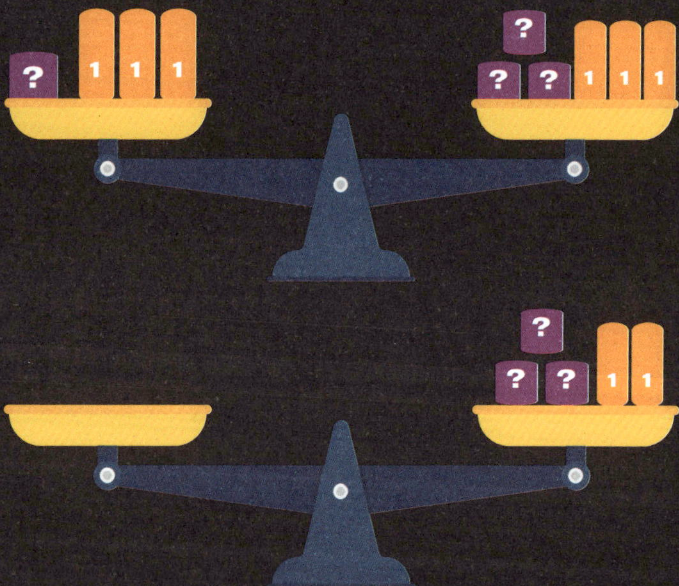

LE NOMBRE DE POIDS EST :

ÉNIGME 7

La plateforme s'élance et monte doucement. Vous remarquez que la plateforme s'avance vers un plafond. Vous allez vous faire écraser ! Vous cherchez un moyen de stopper le mécanisme. Le plafond possède des trous, qui semblent assez grands pour laisser passer un homme. Cela vous rassure… Mais pourquoi y en a-t-il plusieurs ? Y aurait-il des pièges ?

SUR LE SOL, UNE INSCRIPTION : « TROUVEZ LE 5 ET PLONGEZ DEDANS. SEUL CE PASSAGE EST SANS DANGER. CALCULEZ ÉGALEMENT LE SOMMET DE LA PYRAMIDE. »

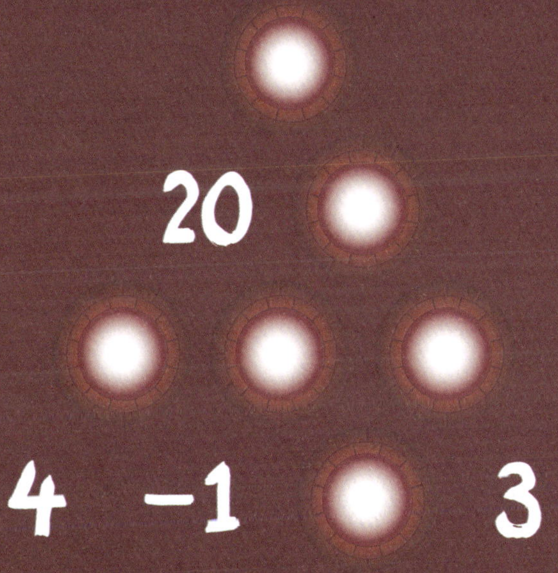

NOMBRE AU SOMMET :

DÉNOUEMENT

Vous franchissez le trou en retenant votre respiration.
Des bruits de voiture sont perceptibles, la surface est proche.
Toujours dans la pénombre, vous apercevez une grille.
À travers cette dernière, vous sentez le souffle de la ville.

LA GRILLE NE SE SOULÈVE PAS, ELLE EST BLOQUÉE PAR UNE SERRURE À CODE. À CÔTÉ DE CELLE-CI SE TROUVE UNE DALLE GRAVÉE.

CHER DISCIPLE PYTHAGORICIEN,
RAPPELEZ-VOUS DE VOTRE INITIATION, SEULS LES SOUVENIRS VOUS PERMETTRONT DE FRANCHIR CET OBSTACLE ET DE GAGNER VOTRE LIBERTÉ.

DANS LES CATACOMBES

SOUVENEZ-VOUS DES ÉNIGMES QUE VOUS AVEZ RÉSOLUES POUR ATTEINDRE CETTE GRILLE ET EFFECTUEZ LES CALCULS SUIVANTS.

Calculez la somme des jetons déposés dans les coupelles colorées, p. 52.

Soustrayez cela au numéro de la première marche de l'escalier, p. 53.

Multipliez ce résultat par la position de la dernière lettre que vous avez trouvée dans la solution de l'énigme 4, p. 54.

Soustrayez ensuite le nombre trouvé à l'énigme 5, p. 55.

Calculez le produit du résultat par le nombre de poids utilisés dans l'énigme 6, p. 56.

Soustrayez cela à la dernière case de la pyramide, p. 57.

LE CODE EST : _ _ _ _

BRAVO ! VOUS AVEZ RÉUSSI, LE CADENAS S'OUVRE, VOUS POUVEZ SOULEVER LA GRILLE ET QUITTER CE MONDE SOUTERRAIN !

MINI ESCAPE 3

LE VOYAGE INITIATIQUE SUR LA SECTE DE PYTHAGORE VOUS A MARQUÉ. REVENU CHEZ VOUS, UN COLIS VOUS ATTEND DEVANT VOTRE PORTE : « INITIATION À LA SECTE DES NÉO-PYTHAGORICIEN, ÊTES-VOUS L'ÉLU ? SI VOUS ÊTES L'ÉLU, TROUVEZ LES RÉPONSES À CES ÉNIGMES. »

ÉNIGME 1

Quels sont les 2 segments dont la longueur vaut $\sqrt{10}$ sachant que le côté d'un grand carreau vaut 1 ?
Avec ces 4 lettres remplissez les cases vides.

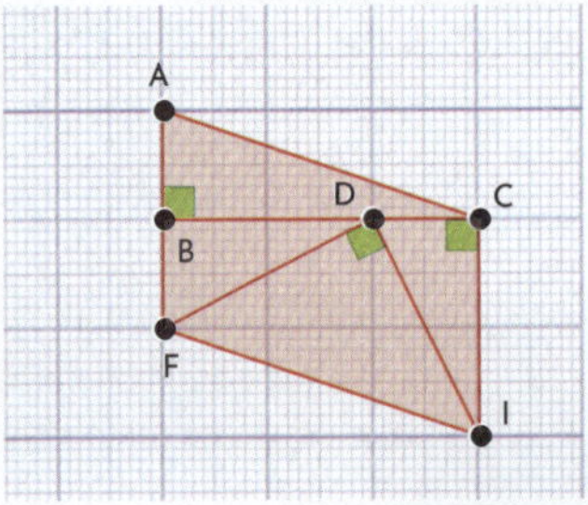

RÉPONSE : C'ÉTAIT _ _ _ _LE ?

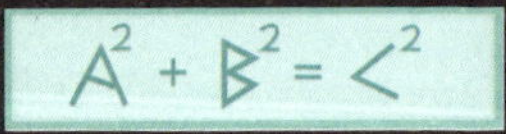

ÉNIGME 2

3 athlètes se présentent à Pythagore. Le premier fait un tour de stade en 3 min 36, le second en 3 min 45 et enfin le dernier en 4 min. Ils partent en même temps de la ligne de départ, au bout de combien de temps vont-ils franchir la ligne de départ au même moment ?

RÉPONSE :

ÉNIGME 3

Pythagore regarde un individu poser une échelle contre un mur. L'échelle mesure 10 pieds de haut, cet homme s'échine à la poser contre le mur pour accéder à une fenêtre située à 8 pieds de haut. Au moment où l'homme monte sur l'échelle, le pied de l'échelle s'écarte du mur de 2 pieds. Peut-il toujours atteindre la fenêtre facilement, en sachant qu'il faut au minimum être à 3 pieds de la fenêtre ?

RÉPONSE :

ÉNIGME 4

Un voisin de Pythagore vient le voir et lui demande quelle largeur au minimum doit faire une boîte en forme de pavé droit pour qu'elle puisse contenir une baguette fine de 76 cm. La hauteur et la profondeur de la boîte sont de 60 cm et 38 cm.

RÉPONSE :

SOLUTIONS

ÉNIGME 1 P. 7 - Réponse : 7

$0{,}6 \times 10^5$	$0{,}1 \times 10^4$	10×2^5	2×9^{10}	$7 \times 10 \times 10 \times 10$	$7{,}1 \times 10 \times 10 \times 10$	10^3	$2{,}3$
60×10^{-3}	$0{,}02 \times 10^{-5}$	6×10^5	$0{,}01 \times 10^2$	105×10^1	$7{,}6 \times 10^2$	$1{,}2 \times 10^1$	$5{,}92 \times 10^1$
$6 + 10^5$	9×10^8	5×10	3×10^5	$8 \times 10 - 5$	$10 \times 2{,}3$	7	$6{,}34 \times 10^{12}$
$10^2 \times 3$	1×10^0	10^2	1×10^5	$2{,}3 \times 10^1 \times 10^{-2}$	$2{,}4 \times 1$	$0{,}9 \times 10^-$	$1{,}22 \times 10^{-1}$
2×3^5	3×10^{-2}	10×3^2	$9{,}2 \times 10^2$	$1{,}3 \times 10 \times 10$	$13{,}2 \times 10^0$	3×10^{21}	30×10^{-1}
19×10^8	$3{,}2 \times 10^{-5}$	102×10^2	$1{,}26 \times 10^{12}$	$0{,}10 \times 10^4$	10^0	1×10^2	400×10^{-2}
10×10^8	80×10^5	$1{,}2 \times 10^{-1}$	$10^1 \times 10^2$	10×10^5	$12 / 10 \times 10^2$	$4{,}3 \times 10^2$	4
-11×10^{10}	$20 \times (-10)^1$	-2^{10}	$-2 \times (-10)^{-6}$	50×10^1	10×2^4	$3{,}2 \times 10^9$	$34/10 \times 10^0$
$2{,}3 \times (-10)^2$	$10^2 \times 6$	$10^4 \times (-1)$	$1 / 100 \times 8$	$8 / 100 \times 10$	$0{,}12 \times 10^5$	30×10	4×10

ÉNIGME 2 P. 8 - Réponse : 9

CHAÎNE ENVOYÉE AU TITAN :

G A A D A G A A A G A A G A

ÉNIGME 3 P. 9 - Réponse : 6

CHAÎNE ENVOYÉE AU TITAN :

D R R R G R R G R

ÉNIGME 4 P. 10 - Réponse : 6

? ← x 2 ← - 5 Entrée Gaz → x 7 → +2 58

Circuit vérin B

: 7 Circuit vérin A - 2

$$? = [(58 - 2) : 7] - 5 \times 2 = 6$$

ÉNIGME 5 P. 11 - Réponse : 11 953,96 KM

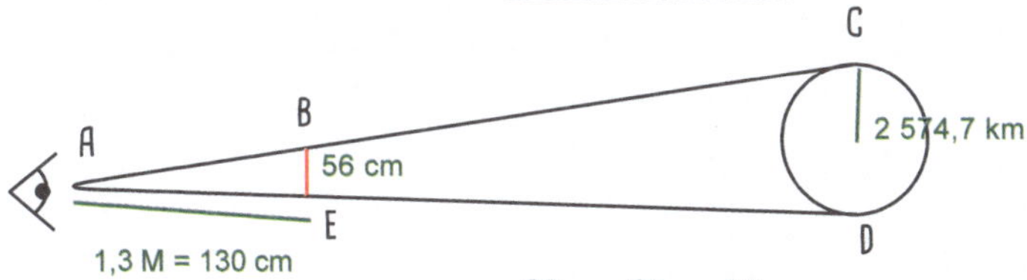

AVEC LE THÉORÈME DE THALÈS : $\frac{AB}{AC} = \frac{AE}{AD} = \frac{BE}{CD}$

$$\frac{AB}{AC} = \frac{130}{AD} = \frac{56}{2\,574,7 \times 2}$$

ÉNIGME 6 P. 12 - Réponse :

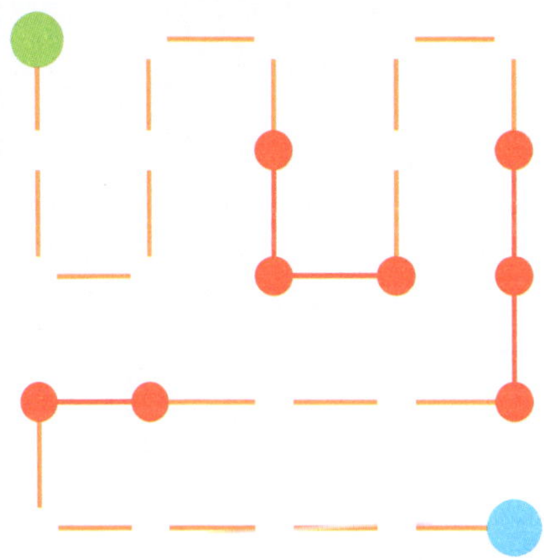

DÉNOUEMENT P. 13 - Réponse : 2 000

INDICE 1	INDICE 2	INDICE 3	INDICE 4	INDICE 5
7	9	6	6	12 000

12 000 : [(7 - 3 - 9 + 6) × 6] = 12 000 : 6 = 2 000

ÉNIGME 1 P.15 - Réponse : 6 2 8 1

ÉNIGME 2 P.16 - Réponse : 4

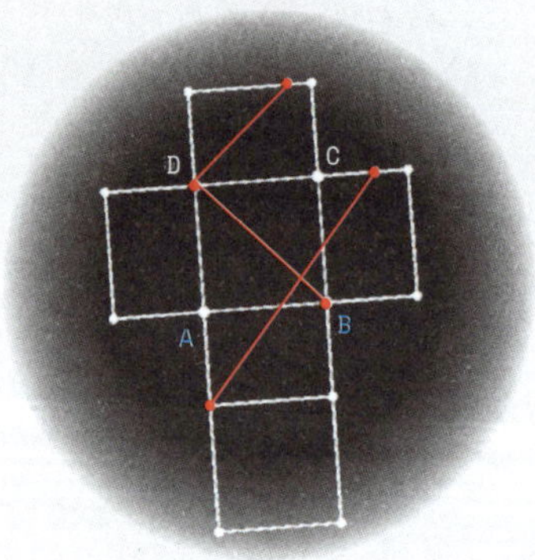

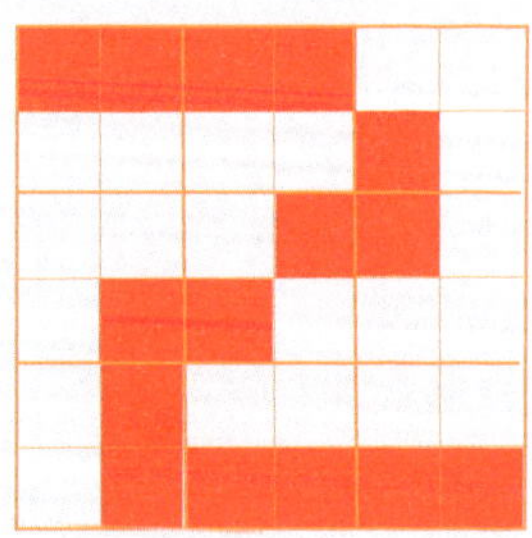

ÉNIGME 3 P.17 - Réponse : 2

$18x - 12 = 6(3x - 2)$

$6x + 18 = 3(2x + 6)$

$6x - 12 = 2(3x - 6)$

$18x - 6 = 3(6x - 2)$

$12x + 6 = 2(6x + 3)$

$18x + 12 = 6(3x + 2)$

$6x + 12 = 2(3x + 6)$

$12x - 6 = 2(6x - 3)$

ÉNIGME 4 P. 18 - Réponse : 7 3 2 5 6 4 1

1	2	3	4	5	6	7
Il reste : $\frac{17}{30}$ h	Il reste : $\frac{1}{3}$ h	Il reste : $\frac{3}{10}$ h	Il reste : $\frac{7}{15}$ h	Il reste : $\frac{7}{20}$ h	Il reste : $\frac{2}{5}$ h	Il reste : $\frac{1}{4}$ h
durée en min : 34	durée en min : 20	durée en min : 18	durée en min : 28	durée en min : 21	durée en min : 24	durée en min : 15

ÉNIGME 5 P. 19 - Réponse :

DONNER LE PRODUIT DE $\frac{5}{3}$ PAR 4 DIVISÉ PAR LA SOMME DE $\frac{4}{5}$ ET 3

$$\left(\frac{5}{3} \times 4\right) : \left(\frac{4}{5} + 3\right) = \frac{20}{3} : \frac{19}{5} = \frac{20}{3} \times \frac{5}{19} = \frac{100}{57}$$

DÉNOUEMENT P. 21 - Réponse : 45,6

INDICE 1	62
INDICE 2	4
INDICE 3	2
INDICE 4	7
INDICE 5	$\frac{100}{57}$

$$A = (62 + 4) + 2 \times 7 = 80$$

$$\frac{80}{?} = \frac{100}{57}$$

$$? = \frac{57 \times 80}{100} = 45,6$$

MINI ESCAPE 1 P. 22-23

PREMIER CADENAS : 4286

DEUXIÈME CADENAS : 314

TROISIÈME CADENAS : 9547

QUATRIÈME CADENAS : 2684

STONEHENGE

ÉNIGME 1 P. 25 - Réponse : 13

99	33	54	51	81
87	13	93	83	67
2	3	91	1	79
8	67	45	2	3
10	19	76	57	31
54	53	52	48	47
39	5	21	71	73

ÉNIGME 2 P. 26 - Réponse : $\frac{33}{7}$

$\frac{2}{3} \times \text{CLÉ} = \frac{22}{7}$ DONC CLÉ $= \frac{22}{7} : \frac{2}{3} = \frac{22}{7} \times \frac{3}{2}$

CLÉ $= \frac{66}{14} = \frac{33}{7}$

ÉNIGME 3 P. 27 - Réponse : ᛒ (18)

TRIANGLE SUR TABLE	6	12	18
TRIANGLE SUR MUR	4	8	12

ÉNIGME 4 P. 28 - Réponse : DROITE

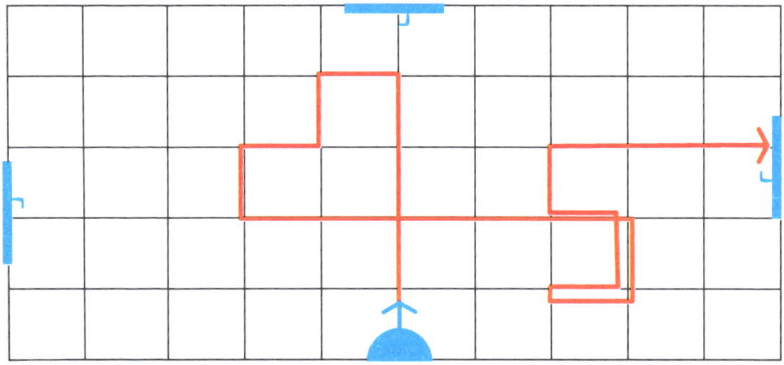

ÉNIGME 5 P. 29 - Réponse : 7

LA PREMIÈRE COLONNE AU CARRÉ EST ÉGALE À LA SOMME DES CARRÉS DES DEUX AUTRES COLONNES (PYTHAGORE). SOIT $425^2 - 424^2 = 7^2$.

ÉNIGME 6 P. 30 - Réponse : 22

948 640 = 35 X MJOLLNIR + 56 X MJOLLNIR

948 640 = 1 960 × MJÖLLNIR^2

MJÖLLNIR^2 = 948 640 : 1 960

MJÖLLNIR^2 = 484

MJÖLLNIR = $\sqrt{484}$

MJÖLLNIR = 22

DÉNOUEMENT P. 31 - Réponse : 321

$$(45 + 18 + 7) \times \frac{33}{7} + 13 - 22 = 321$$

Sur une île déserte

Énigme 1 p. 33 - Réponse : 37

Formule du volume d'une pyramide : $\frac{L \times l \times H}{3}$

Soit $\frac{80 \times 70 \times 30}{3} = 56\,000 \text{ cm}^3$

$56\,000 \text{ cm}^3 = 56 \text{ dm}^3$

$1 \text{ dm}^3 = 1 \text{ L}$ donc 56 L

$56 : 1{,}5 = 37$

Énigme 2 p. 34 - Réponse : 9

Zone jaune puis orange puis rouge et enfin verte.

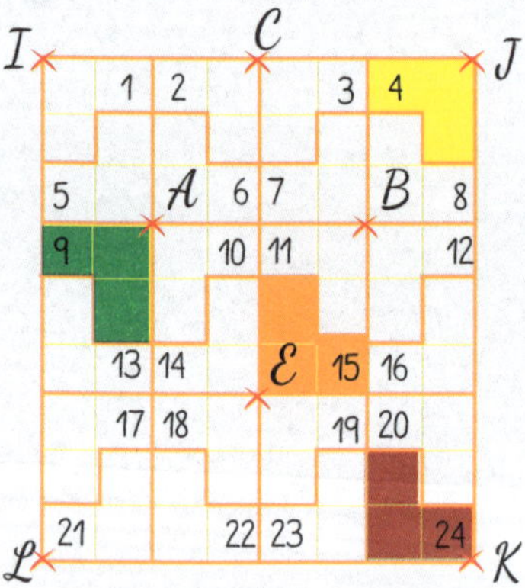

Énigme 3 p. 35 - Réponse : 63°

$\widehat{CEF} = 81°$ (angles alternes et parallèles)

$\widehat{ECF} = 81°$ (triangle CEF isocèle en F)

$\widehat{CFE} = 18°$ (somme des angles dans le triangle CEF)

$\widehat{BCF} = 99°$ (somme de $\widehat{BCE}$ et $\widehat{ECF}$ donc 18 + 81)

$\widehat{CBF} = 180 - 99 - 18 = 63°$

(somme des angles dans le triangle BCF)

ÉNIGME 4 P. 36 - Réponse : 9,8 M

DANS LE TRIANGLE DE DROITE, ON APPLIQUE LA TRIGONOMÉTRIE :

$\cos 60 = \dfrac{1{,}2}{\text{LONGUEUR ORANGE}}$

DONC LONGUEUR ORANGE $= \dfrac{1{,}2}{\cos 60} = 2{,}4$

SUR L'AUTRE TRIANGLE, ON APPLIQUE PYTHAGORE :

LONGUEUR BLEUE^2 $= 1{,}52 + 22$

LONGUEUR BLEUE^2 $= 2{,}25 + 4$

LONGUEUR BLEUE^2 $= 6{,}25$

LONGUEUR BLEUE $= \sqrt{6{,}25} = 2{,}5$

DONC LONGUEUR DE CORDE TOTALE $= 2{,}4 \times 2 + 2{,}5 \times 2 = 9{,}8$ M

ÉNIGME 5 P. 37 - Réponse : 2 H 20 MIN

$\dfrac{1}{3} = \dfrac{1}{12} + \dfrac{2}{12} + \dfrac{1}{12}$ DONC $\dfrac{1}{12} + \dfrac{2}{12} + \dfrac{1}{3} \times \dfrac{3}{12}$

SOIT $1\text{ H} + 1\text{ H} + \dfrac{1}{3} \times 1\text{ H} = 2\text{ H }20$

DÉNOUEMENT P. 39 - Réponse : SSE

$37 \times 9{,}8 - 140 - 63 - 0{,}9 = 158{,}7°$

MINI ESCAPE 2

P. 40

PYRAMIDE 1

-7

-2 | -5

6 | -8 | 3

12 | -6 | -2 | 5

PYRAMIDE 2

384

48 | 8

-12 | -4 | -2

3 | -4 | 1 | -2

MINI ESCAPE 2

P. 41

LABYRINTHE 1

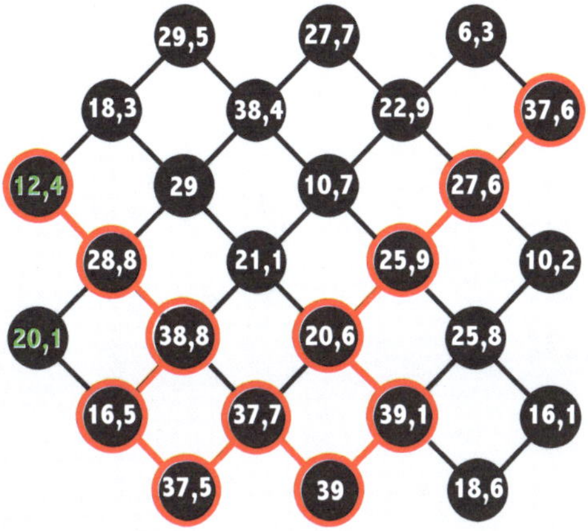

LABYRINTHE 2

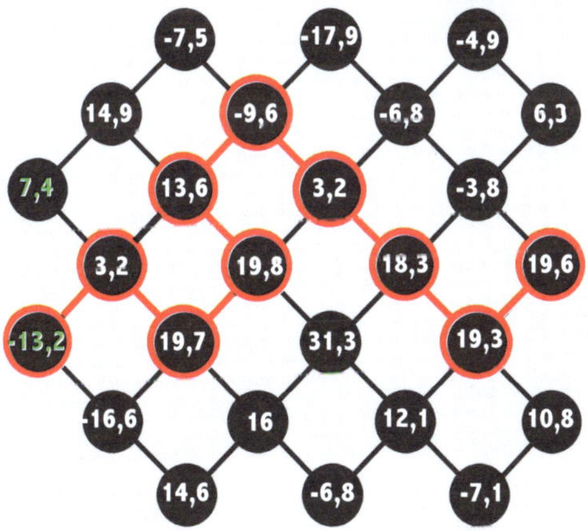

ÉNIGME 1 P. 43 - Réponse : DA-VINCI

3	2	0	888	444	66	222	4444
D	A	-	V	I	N	C	I

ÉNIGME 2 P. 44 - Réponse : 7/11/84

B + C = 8

E + F = 12

B + F = 11

C + D = 2

D + E = 9

B + C + C + D + D + E + E + F + B + F = 8 + 12 + 11 + 2 + 9 = 42

ON AJOUTE L'ENSEMBLE.

DONC B + C + D + E + F = 21

OR B + C + D + E = 8 + 9 = 17

DONC F = 21 - 17 = 4

DONC E + 4 = 12

D'OÙ E = 8

DONC D + 8 = 9

D'OÙ D = 1

DONC C + 1 = 2

D'OÙ C = 1

DONC B + 1 = 8

D'OÙ B = 7

ÉNIGME 3 P. 45 - Réponse : LA FAC DES SCIENCES À NANTES

●	♏	♓	◆	⬩	♦	♋	☞	♍	♎	■
L	E	I	X	S	T	A	F	C	D	N

ÉNIGME 4 P. 46 - Réponse : 10 ML

25 ML DE PROPRANOLOL À 12 %, CELA SIGNIFIE QU'IL FAUT 3 ML PUR DE PROPRANOLOL. DONC SI ON EN A DILUÉ À 30 %, CELA SIGNIFIE QUE POUR 1 ML, IL Y A 0,3 ML DE PROPRANOLOL, DONC AVEC 10 ML, ON EN A BIEN 3 ML.

ÉNIGME 5 P. 47 - Réponse : 27,12 H

S'IL FAUT 12 SECONDES POUR TAPER, VOUS SEREZ DONC RESTÉ SUR PLACE 1 JOURNÉE, 3 HEURES, 7 MINUTES ET 12 SECONDES.

1 JOURNÉE = 24 H

7 MINUTES = $\frac{7}{60}$ H

12 SECONDES = $\frac{12}{3\,600}$ H DONC $\frac{1}{300}$ H

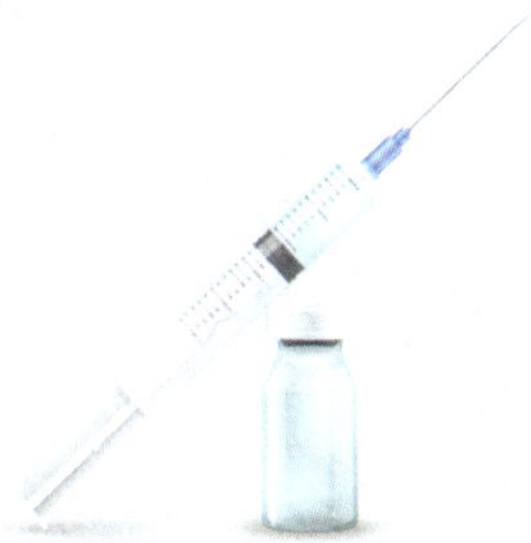

DONC DURÉE :

$$24 + 3 + \frac{7}{60} + \frac{1}{300} = 27 + \frac{7}{60} + \frac{1}{300} = 27 + \frac{35}{300} + \frac{1}{300} = 27 + \frac{36}{300} = 27{,}12 \text{ H}$$

DÉNOUEMENT P. 49 - Réponse : 1 903

$2\,035 - 1\,452 : 11 - 7 - (27 + 10) + 44 = 1\,903$

DANS LES CATACOMBES

ÉNIGME 1 P. 51 - Réponse : B D C

LES SEULS TRIANGLES DONT L'ÉGALITÉ DE PYTHAGORE EST VÉRIFIÉE SONT :

$5^2 = 3^2 + 4^2$

$10^2 = 8^2 + 6^2$

$17^2 = 15^2 + 8^2$

ÉNIGME 2 P. 52 - Nombre de jetons :

 5

 2

 9

ÉNIGME 3 P. 53 - Réponse : 40 30 105 70 66 130

$42 = 3 \times 7 \times 2$

$30 = 2 \times 3 \times 5$

$105 = 7 \times 5 \times 3$

$70 = 5 \times 2 \times 7$

$66 = 2 \times 3 \times 11$

$130 = 13 \times 5 \times 2$

ÉNIGME 4 P. 54 - Réponse : CARRÉ

(2 ; 8 ; 0) : C

(0 ; 2 ; 3) : A

(8 ; 4 ; 2) : R

(8 ; 0 ; 2) : R

(6 ; 8 ; 2) : E

ÉNIGME 5 P. 55 - Réponse : 6

C'EST UN PROBLÈME DE RATIO.
7 ENCOCHES POUR 9 TRIANGLES.

NOMBRE ENCOCHE	7	21 (X 3)
NOMBRE TRIANGLE	9	27 (X 3)
TRIANGLE + ENCOCHE	16 (9 + 7)	48

ENSUITE, IL NE RESTE PLUS QU'À EFFECTUER LA SOUSTRACTION : 27 - 21 = 6.

ÉNIGME 6 P. 56 - Réponse : 10

LA PREMIÈRE BALANCE :

X + 10 = 3X + 6

10 = 2X + 6

2X = 4

X = 2

DONC DANS LA DEUXIÈME BALANCE, IL Y A 3 × 2 + 4 = 10.

IL FAUT DONC METTRE 10 POIDS DE L'AUTRE CÔTÉ.

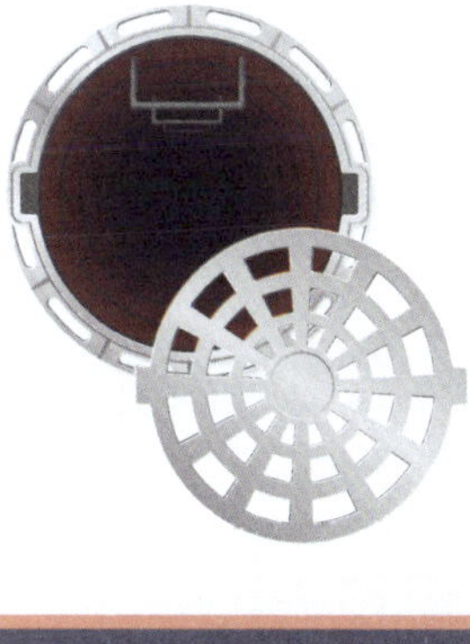

ÉNIGME 7 P. 57 - Réponse : - 1 500

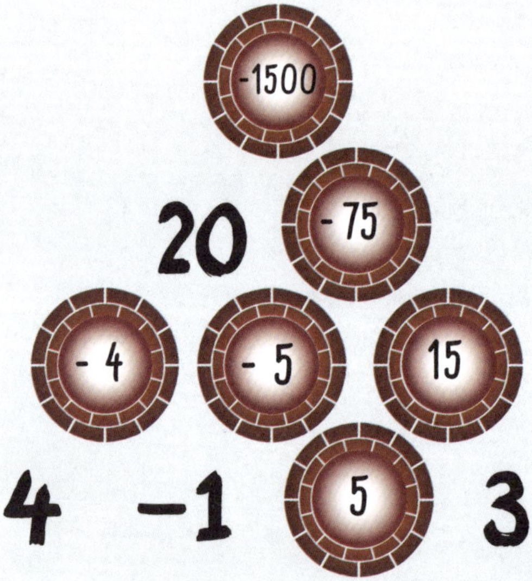

DÉNOUEMENT P. 59 - Réponse : 2 7 4 0

[(42 - 16) × 5 - (-6)] × 10 - (-1 500) = 2 860

MINI ESCAPE 3

P. 60-61

ÉNIGME 1 : FA CI LE

SI BC VAUT 3 ET AB VAUT 1

$AC^2 = BC^2 + AB^2$ $AC^2 = 3^2 + 1^2$ $AC^2 = 9 + 1 = 10$ $AC = \sqrt{10}$	$FD^2 = BD^2 + BF^2$ $FD^2 = 2^2 + 1^2$ $FD^2 = 4 + 1 = 5$ $FD = \sqrt{5}$	$DI^2 = CI^2 + DC^2$ $DI^2 = 2^2 + 1^2$ $DI^2 = 4 + 1 = 5$ $DI = \sqrt{5}$	$FI^2 = FD^2 + DI^2$ $FI^2 = (\sqrt{5})^2 + (\sqrt{5})^2$ $FI^2 = 5 + 5 = 10$ $FI = \sqrt{10}$

DONC LES 4 LETTRES SONT A, C, F ET I

ÉNIGME 2 : 1 HEURE

3 MIN 36 = 216 S

3 MIN 45 = 225 S

4 MIN = 240 S

$216 = 2 \times 2 \times 2 \times 3 \times 3 \times 3$

$225 = 5 \times 5 \times 3 \times 3$

$240 = 5 \times 2 \times 2 \times 2 \times 2 \times 3$

DONC LE PLUS PETIT MULTIPLE COMMUN ENTRE LES TROIS EST :

$5 \times 5 \times 3 \times 3 \times 2 \times 2 \times 2 \times 2 = 3\,600$ S (3 600 S = 1 H)

ÉNIGME 3 : OUI

PREMIER CAS, L'ÉCHELLE EST À 6 PIEDS DU MUR. DONC SI ELLE RECULE DE 2 PIEDS, ELLE SERA À 8 PIEDS DU MUR ET N'ATTEINDRA QU'UNE HAUTEUR DE 6 PIEDS. $\sqrt{10^2 - 8^2} = 6$

ÉNIGME 4 : 27 CM

$\sqrt{(60^2 + 38^2)} = 71$ CM

$\sqrt{(76^2 - 71^2)} = 27$ CM

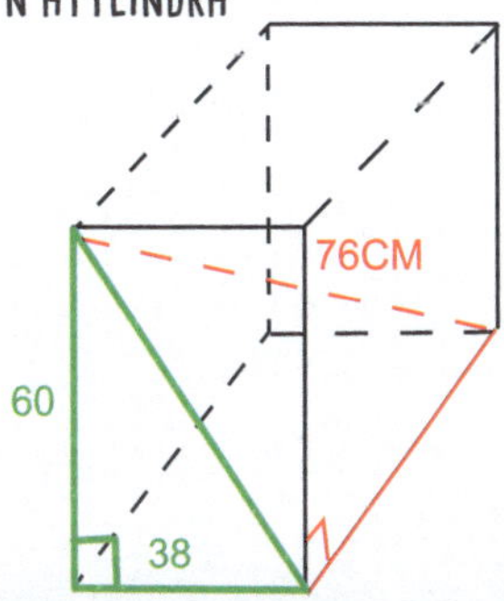

<head> go-to-the-city<head>

Imprimé en Roumanie par Rotolito Romania
Dépôt légal : janvier 2021 – 327386 / 01
N° de projet : 11045755 - avril 2021

PAPIER À BASE DE FIBRES CERTIFIÉES

LAROUSSE s'engage pour l'environnement en réduisant l'empreinte carbone de ses livres. Celle de cet exemplaire est de :
600 g éq. CO_2
Rendez-vous sur www.larousse-durable.fr